pour Hélène

Illustrations des pages de garde : Mathias Courgeon

© 2014, Mango Jeunesse, Paris
Loi n° 49-956 du 16 juillet 1949 sur
les publications destinées à la jeunesse.
Tous droits de traduction, de reproduction
et d'adaptation strictement réservés pour tous pays.
Dépôt légal : mai 2014
ISBN : 978-2-7404-3147-4
N° d'édition : M14090- MDS : 60664
Imprimé en Italie par Deaprinting

Rémi Courgeon

L'Oizochat

MANGO JEUNESSE

Arriva un soir,
dans la forêt de Cécédille,
un drôle d'oiseau
qui s'écroula
dans les feuilles mortes,
épuisé.

Au matin,
une patrouille de fourmis
tenta une gourmande exploration.
L'animal respirait encore ;
elles s'éloignèrent, déçues.
Un renard, que l'estomac pinçait un peu,
alla lui aussi renifler.
La curieuse odeur lui fit vite oublier sa faim.

Ce n'était ni tout à fait un oiseau,
ni tout à fait un chat,
mais un mélange des deux.

L'Oizochat ouvrit une paupière, puis l'autre.
Soif, très soif.
Il tituba jusqu'à une flaque et but longuement.
En relevant la tête, il tomba museau à museau
avec un animal qui lui ressemblait
beaucoup, mais à moitié.
— T'es qui toi ?
— Blotzi momoï toukout ! répondit l'Oizochat.
— D'où tu viens ?
— Kratz nolo kabouti ! répondit-il cette fois.
Le chat comprit vite que ce type n'était pas d'ici.
Il le salua de la tête et partit tout raconter.

Il ne réalisait pas encore
à quel point
étrange était cet étranger.

L'Oizochat se demandait
ce qu'il allait faire
quand il entendit piapiater.
– Mais qui est ce joli garçon ?
Quel mignon petit derrière !
Trois merlettes,
excitées par le nouveau venu
et le soleil de printemps,
se trémoussaient dans son dos.

Il se retourna et miaula
dans sa langue oizochat.
Paniquées, les oiselles s'envolèrent.

Le bruit se répandit à Cécédille
qu'un monstre avait atterri en pleine forêt.
Chat grimé en volatile,
oiseau déguisé en matou,
venu piéger les uns et croquer les autres.
On envoya un jeune rouge-gorge
réveiller le grand-duc,
pour consulter son imposante sagesse.
Le vieux, interrompu en plein rêve,
tenta de croquer l'oisillon
et se rendormit dans son trou.

Les corbeaux réussirent
à convaincre les chats
de dire à l'étranger
de retourner chez lui.

Ne parlant ni l'oiseau, ni le chat,
l'Oizochat traça son histoire sur le sol.
Malgré la qualité de ses dessins,
tous firent mine de ne rien y comprendre,
sauf un tout petit corbillot,
qui ne savait pas encore lire,
mais qui avait tout pigé.
— Il dit que son pays est en guerre,
que toute sa famille est morte
et qu'il mourra aussi s'il retourne là-bas !
Ses aînés le firent taire.
— Mêle-toi de ce qui te regarde.
Va te coucher. Il y a école demain !

Après bien des délibérations,
l'Oizochat, soulagé,
comprit qu'il pouvait rester.
Son cauchemar commença.
Il acceptait toutes les tâches qu'on lui proposait :
vider les crottes de nid,
couver douze œufs à la fois,
nourrir les vieux chats édentés,
creuser des abris sans bec…
Tout ça pour un demi-lombric,
ou une queue de rat rance.

L'Oizochat apprit quelques phrases de chat,
quelques mots d'oiseau, pas assez pour être l'un d'eux.
Il tenta de partir de Cécédille,
mais depuis sa chute, son aile gauche
ne lui permettait pas d'aller loin.

Parfois, le soir, il se perchait à la pointe d'un arbre
pour chanter un air de son pays, doux et puissant.
Son chant envahissait la forêt
et se glissait jusqu'au fond du cœur
de chacun de ses habitants,
bouleversant même les plus endurcis.

Un matin, l'Oizochat sortit de la forêt.
Son aile lui faisait mal.
Épuisé par l'effort, il se posa en catastrophe
aux pieds d'une belle grosse vache.
L'Oizochat jura dans sa langue :
– Kratchoup ! Kokoï ! Novik katapo !
– Kiritcho mataki ? Tekoup grotzi moï !
lui répondit la vache.
Elle parlait oizochat
avec un charmant accent italien.

Le poilu volatile, qui n'avait pas souri
depuis longtemps, éclata de joie.
La vache se présenta :
– Anabella.
L'Oizochat, à qui personne
n'avait encore demandé le prénom,
se présenta aussi :
– Zpilo.
Anabella lui offrit son lait,
qu'il but avec appétit.
Ce fut le début d'une ronde amitié.

Tous les matins,
l'Oizochat commençait sa journée
par un copieux petit déjeuner.
Il remerciait son amie
d'une chanson de là-bas,
qu'Anabella chantonnait avec lui.
Puis Zpilo repartait à Cécédille,
où ses tâches
lui semblaient moins pénibles.

Zpilo retrouva sa bonne humeur.
Son talent de chanteur
le rendit populaire auprès des enfants.
Certains d'entre eux connaissaient
même ses chansons par cœur,
sans pour autant les comprendre.
Mais dès qu'ils s'approchaient
trop près de lui, leurs parents
les rappelaient à l'ordre.

Un matin,
le pré où vivait Anabella
avait perdu sa plus belle fleur.
La vache n'y était plus.
Un gros camion
venait tout juste de l'engloutir.
Ce soir-là,
la mélopée de l'Oizochat
serpenta dans la nuit,
plus nostalgique que jamais.

Zpilo supporta mal
la disparition de son amie.
Il se jeta du haut
du plus grand arbre de Cécédille.
La chute fut interminable,
mais arrivé en bas,
sa nature d'oiseau ressurgit.
D'un coup d'aile, il évita le sol.

Deux jours plus tard,
il avala une grosse pierre
et bascula dans l'eau glacée d'un étang.
Il coula tout droit.
Sa vie défila en grosses bulles
autour de lui.
Les bulles éclatèrent
et ce fut le noir complet.

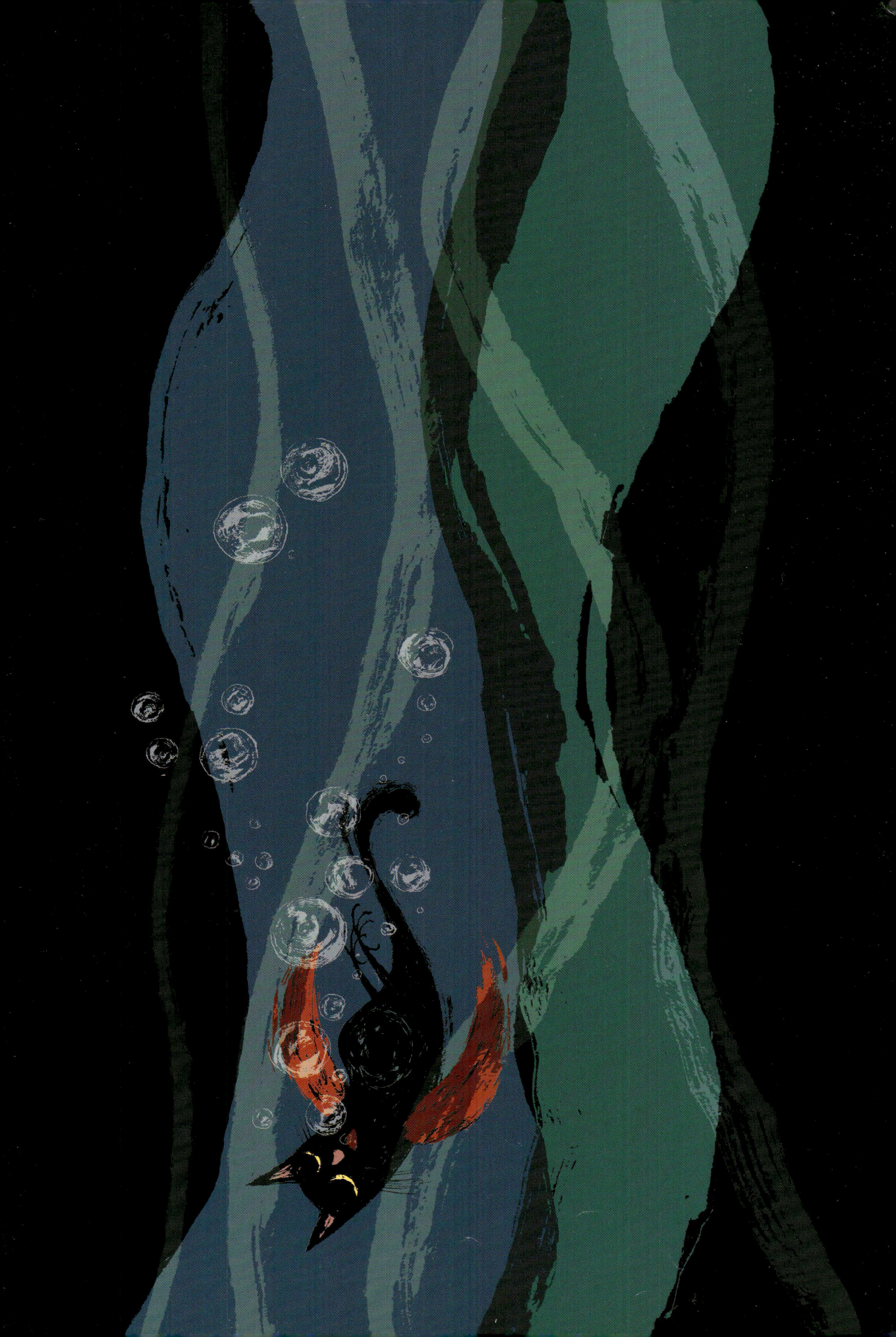

Lorsqu'il se réveilla,
un charmant visage lui souriait.
– Eh bien, c'est quoi ce gros chagrin ?
Zpilo comprit à peine la question,
mais regarda la Poissonchatte qui l'avait sauvé,
comme s'il avait rencontré un ange.
– C'est très indigeste, dit-elle en montrant
la pierre qu'il venait de recracher.
– Tu aurais pu te noyer, reprit-elle en riant.
Zpilo se sentit fondre,
il ouvrit la bouche pour la remercier,
mais la tigrée poissonne lui referma d'un baiser.

Ne me demandez pas
comment Zpilo et Litzia
tombèrent amoureux,
ni comment ils partagent leur vie,
entre air et eau.
Cela ne me regarde pas.
Ne me demandez pas non plus
s'ils auront des bébés à plumes,
à poils ou à écailles,
mais soyez sûrs
que le jour où naîtra le premier,
je vous enverrai une photo !

Et puis, comme dit le proverbe :
« Tikit minoï laki patakou,
toulouk palaki miaou. »